¿Qué es Metafísica?

100 preguntas y respuestas

Antología

¿Qué es Metafísica?
100 preguntas y respuestas

Antología

Grupo Editorial Tomo, S. A. de C. V.
Nicolás San Juan 1043
03100 México, D. F.

1.ª edición, mayo 1998.
2.ª edición, enero 1999.
3.ª edición, octubre 1999.
4.ª edición, marzo 2001.
5.ª edición, junio 2003.
6.ª edición, octubre 2004.
7.ª edición, julio 2005.
8.ª edición, junio 2007.
9.ª edición, junio 2008.
10.ª edición, septiembre 2013.
11.ª edición, septiembre 2014.
12.ª edición, mayo 2016.
13.ª edición, marzo 2017.
14.ª edición, agosto 2018.

Nicolás San Juan 1043, Col. Del Valle
03100, Ciudad de México.
Tels. 5575•6615, 5575•8701 y 5575•0186
Fax. 5575•6695
www.grupotomo.com.mx
ISBN: 970-666-041-0
Miembro de la Cámara Nacional
de la Industria Editorial N.° 2961

Diseño tipográfico: Rafael Rutiaga
Diseño de portada: Emigdio Guevara
Supervisor de producción: Leonardo Figueroa

Impreso en México - *Printed in Mexico*

Prólogo

La presente obra constituye una valiosa herramienta para profundizar en el conocimiento de la Metafísica, a través de dar respuesta a muchas de las preguntas y dudas que surgen en el estudiante a lo largo de su formación.

La mayoría de las interrogantes aquí planteadas han sido formuladas por los propios estudiantes en innumerables cursos de Metafísica, pero únicamente se han escogido las 100 preguntas más significativas para dar cuerpo y límite a este volumen.

En la mayoría de los casos, los maestros procuran dar una respuesta sencilla, -pero no por ello menos profunda- de manera que el estudiante o el simple interesado, obtenga rápidamente, la esencia de su duda o cuestionamiento.

Sin embargo, en ocasiones, dada la complejidad de ciertas interrogantes, la respuesta abarca algo más que una simple definición y desarrolla determinados aspectos con mayor profundidad, y que por la misma razón, sólo pueden ser comprendidos por aquellos que poseen un previo conocimiento de la Metafísica.

En suma, el presente, es sin duda un libro de consulta imprescindible para la mejor comprensión de esta apasionante materia que hoy nos ocupa.

Metafísica

1. ¿Qué es Metafísica?

R. Es una rama de la filosofía que estudia lo que está más allá de los sentidos físicos. Quiere decir, simplemente, más allá de lo físico, lo invisible y sin forma, aunque ha quedado esta palabra ahora para denominar una filosofía práctica para la vida diaria.

2. ¿Qué es la nueva enseñanza?

R. Es la instrucción dada por los Maestros Ascendidos y Seres Cósmicos sobre cómo purificar y armonizar los cuatro cuerpos inferiores (físico, etérico, emocional y mental), para que cada uno pueda "sembrar" sólo aquello que traiga perfección a este mundo y cómo "liberar" el CRISTO INTERIOR y así realizar LA RAZÓN DE SER.

3. ¿Cómo se puede hacer esto?

R. Conociendo la INDIVIDUALIZADA PRESENCIA DE DIOS YO SOY, que se mantiene encima y envolviendo a cada ser humano y anclada dentro de cada corazón en lo que se llama EL CRISTO INTERIOR, y comprendiendo la Ley del *Bumerang* (causa y efecto) y aplicando el instrumento Divino de Amor, el cual perdona y transmuta los errores del pasado (que la Biblia llama pecados), transformándolos en perfección.

4. ¿Cómo y cuando vino la Nueva Enseñanza?

R. Las primeras publicaciones fueron en abril de 1952 a causa de ciertos cambios cósmicos, que han de tomar lugar no solamente en nuestro Planeta, sino en el sistema entero al cual pertenece la Tierra, para que la humanidad se familiarice con los varios Ascendidos Maestros y Seres Cósmicos, sus hogares y focos de luz, y la Verdad, que será clave de conducta por los próximos 2,000 años.

5. ¿Quiénes son los promotores de esta actividad?

R. Los Maestros Ascendidos y Seres Cósmicos conocidos como la Gran Hermandad Blanca (de quien el Ascendido Maestro Jesucristo es uno de ellos), y específicamente el Maestro Ascendido EL MOYRA, el Lord Maha Chohán (que representa el espíritu Santo hablado en la Biblia) y el Ascendido Maestro Saint Germain. Él está a cargo de la Tierra por los próximos 2,000 años y está trayendo la Era de la Libertad a toda vida, aunque también toda la Hueste de Luz Ascendida está asistiendo en esta labor gigantesca.

6. Si estos Grandes Seres existen, ¿por qué permiten que se manifieste guerra y sufrimiento?

R. Dios le dio a cada uno de sus hijos libre albedrío, y ni Dios ni sus Mensajeros (la Ascendida Hueste de Luz), jamás se entrometerán en esto, pero los Maestros Ascendidos darán toda protección y asistencia posible "Cuando sean invitados a hacerlo". Siempre y cuando la humanidad escoja pensar y sentir aquellas causas que producen malestar, permanecerán estos malestares en la Tierra, y es por esto que por su propio libre albedrío tendrán que desear y esforzarse a expresar las cualidades constructivas de la Luz, el Amor y la Paz para que esto se manifieste en este mundo.

7. ¿Por qué necesitamos a los Maestros Ascendidos, por qué no podemos ir directamente a Dios?

R. Nadie ha conseguido el dominio sobre las condiciones externas sin la asistencia de la Ascendida Hueste de Luz. Las llamadas que la gente le hace a Dios realmente son respondidas por estos Ascendidos Maestros, los cuales son los mensajeros de Dios. Las vibraciones de las más elevadas esferas son tan finas y delicadas que pocas personas son capaces de recibirlas suficientemente claras, para que se manifiesten. Cuando los maestros Ascendidos tienen un "contacto" encarnado, probado y "entrenado", que es capaz de recibir sus instrucciones, les es más fácil transmitir esa Verdad a la humanidad en masa a través de él.

8. ¿La Metafísica está conectada al Espiritismo?

R. No, no está. Mientras el Espiritismo hizo el servicio de probar que hay vida después de la llamada muerte, los individuos puestos en contacto por un "medium" alcanzan sólo a los llamados "muertos", quienes no tienen más conocimiento ni más sabiduría de cómo vivir la vida como cuando estaban aquí.

El verdadero Contacto para los Maestros Ascendidos, como ya Ellos trascendieron estos planos inferiores y ahora son la plenitud y la Sabiduría de Dios, su instrucción es Verdad, y cuando sea practicada liberará a la humanidad. El verdadero "Contacto" tiene siempre control sobre su cuerpo y mente y los Maestros Ascendidos nunca trabajan en la oscuridad, sino siempre en una Luz Radiante. Ellos nunca agrandan ninguna personalidad humana y logran todo a través del poder del Amor Divino. Son absolutamente altruistas. No tienen nada de egoísmo. Muchos individuos pueden ver y oír algunos de los planos internos y reciben estímulos y mensajes que prueban ser correctos, pero éstos son dados para que los ayuden a gobernar sus propias vidas, pero no han sido escogidos por los Ascendidos Maestros para ser un instrumento que está en capacidad de traer a la manifestación una Instrucción Mundial para una Era de Tiempo.

9. ¿Qué significa la palabra PUENTE?

R. Quiere decir, Un Puente de Energía del cielo a la Tierra, el cual está siendo construido por la Gran Hueste Ascendida de Luz con las oraciones, peticiones y decretos de los estudiantes que están sirviendo conscientemente con Ellos en este tiempo. Todo aquél que cree en los Maestros Ascendidos y los llama, fortalece este "Puente".

10. ¿Cómo pueden ser contactados y conocidos estos Maestros Ascendidos y sus Actividades?

R. En cada Era, ciertos individuos que han sido entrenados a través de los Siglos para ese servicio particular, toman cuerpo, capaces de aguantar este "puente" o contacto con la Ascendida Hueste de Luz y son capaces de dar Su Mensaje a la gente. Los "profetas" pudieron hacer esto y la historia habla de ellos. Algunos vieron a los Ascendidos Maestros cuando relampagueaban sus palabras en el momento del contacto; algunos oyen sus palabras y las repiten; otros reciben "incentivos" que ellos ponen en sus propias palabras, pero sólo aquellos que son entrenados para este servicio pueden dar un mensaje claro en el que se puede confiar.

11. ¿Cómo dan sus instrucciones los Maestros Ascendidos, a los contactos?

R. Como dijimos antes, algunos ven, algunos oyen, de acuerdo a su entrenamiento previo, pero NUNCA se van en trance o pierden el conocimiento o control del pensamiento y cuerpo, y JAMÁS hay orgullo y glorificación del ser externo por cualquier verdadero contacto.

12. Si la voluntad de Dios es perfección para cada uno, ¿por qué hay tanto sufrimiento?

R. Dios le ha regalado a cada hijo de su Corazón, LIBRE ALBEDRÍO, con el privilegio de ser un creador tal como Él lo es. Cada uno está libre para experimentar con su energía de vida al pensar, sentir, y actuar como le parezca; cuando estas actividades expresen algo constructivo ("siembra constructiva"), el individuo recoge cosas constructivas. Cuando la Ley del Amor y la Armonía es quebrantada y el individuo expresa discordia descuidadamente o con el propósito de hacer daño, esa imperfección pasará a través de su mundo, y él recoge sufrimiento de alguna especie.

13. ¿Acaso la gente puede ser salvada por redención ajena?

R. Es imposible "salvar" a otro. La idea de un Salvador personal y que Jesús "salvará" a aquellos que creen en Él ¡No es verdad! Jesús dará toda asistencia posible a aquellos que lo amen y le pidan, pero ni Él ni otra persona pueden salvarte, tal como nadie puede curarse por ti, cuando te enfermas, nadie nace por ti, nadie vive por ti, nadie muere por ti y nadie puede salvarte. Cada uno debe hacer eso por sí mismo.

14. ¿Puede cualquier movimiento religioso u organización verdaderamente, alegar que es "La Única" que puede salvar a la humanidad?

R. Por supuesto que no. Nuestro planeta ha existido por eones de tiempo y millones han vivido en él. Ni un buen padre, ni una buena persona y mucho menos un Dios Bueno le daría vida a millones de seres, sólo para dejarlos destruirse y salvar a unos pocos.

Un aspecto diferente de la misma Verdad es introducido aproximadamente cada 2,000 años. La Ley Mosaica por los 2,000 años que precedieron a la llegada de Cristo. Los Budistas del Oriente y los Mahometanos de Asia Menor también han introducido ciertos aspectos de la Verdad. Estamos ahora en el amanecer de un nuevo ciclo de 2,000 años, donde la Libertad se manifestará en cada parte de vida.

15. ¿De dónde vine, por qué estoy aquí, y a dónde voy?

R. Tú y cada persona de la humanidad vienen del Corazón de Dios y verdaderamente, "Sois Dioses en embrión". Tú has escogido encarnar en la Tierra con el propósito de aprender el dominio sobre toda energía y sustancia, que quiere decir tus propios pensamientos, sentimientos, palabras y acciones. Cuando esto se consigue y has purificado y armonizado toda la vida que Dios te prestó y te has cargado con suficiente Amor Divino, te convertirás en candidato para la Ascensión, y al final de tu encarnación, puedes convertirte en Maestro Ascendido, tal como Jesús, por siempre libre de imperfección. Esto es llamado "ir al Hogar Corazón de Dios, de donde viniste".

16. ¿Existe verdaderamente la reencarnación?

R. Esta pregunta se la hacen a sí mismas y la formulan muchas personas. La pregunta principal es: ¿Cómo sabemos que es la Verdad? Creación en contorno. Desde la luz del día que se oculta, se muere rítmicamente después de un ciclo de doce horas y vuelve a nacer después de un ciclo de doce horas, debido al círculo que describe la Tierra al girar sobre sí misma.

Los árboles se despojan de todas sus hojas todos los años, rítmicamente y vuelven a nacer las hojas rítmicamente. Las estaciones del año, se van en su mes y nacen en su mes, rítmicamente. Las cosechas dan sus frutos en la Primavera que es conocida notoriamente como el renacer de todo, y mueren en el invierno, que es conocido notoriamente como el momento anual en que todo se duerme, desaparece, involuciona, preparándose para el renacimiento, rítmicamente, en la próxima primavera. El año muere y se repite la historia. La ley del Ritmo que acabamos de mostrarte tan incontrovertiblemente, es un Principio; los Principios no cambian y los Siete Principios funcionan siempre al mismo tiempo en todo, porque son parte de aquello que llamamos Dios.

Tampoco el ser humano y todo lo que le atañe puede dejar de participar en una ley, porque ellas actúan, siempre en todo momento, en todo cuanto existe y siempre juntas.

Y el hombre no solamente reencarna vida tras vida sino que reencarna en él mismo cada siete años. Él renueva todas las células de su cuerpo cada siete años y su cuerpo entero se renueva, se reencarna en otra numeración.

Por otro lado, la realización de que la reencarnación es verdad, quita el temor a la muerte. Quita el temor al infierno y se pasa del planeta Tierra al plano astral suavemente y sin aspavientos, como si se continuara viviendo aquí, y que sólo se está visitando otras condiciones de vida, como otro país. Nada más. Es una nueva oportunidad que el hombre recibe y es la comprobación de la misericordia divina y de que eso que llamamos Dios es una energía amorosa, bondadosa, justa inteligente, o sea, amor, bondad, justicia e inteligencia en acción.

"Quien no ha experimentado
morir y nacer a la vida sin interrupción
siempre será un huésped sombrío
sobre esta su triste tierra".

Goethe

17. ¿Qué es la libertad?

R. El convencimiento de que de algún modo la libertad es la consumación de la vida y la identificación de nuestro estado espiritual superior con ella es tan persistente, que aunque reconozcamos que la libertad por la que clama el hombre vulgar es un libertinaje disimulado, comprendemos que en alguna parte debe existir la verdadera libertad y que de un modo u otro ha de ser la expresión de lo más alto que podamos alcanzar.

En realidad la libertad existe. Cuando entramos en el mundo de lo Real la experimentamos, no la libertad ilusoria de obrar a nuestro antojo, de escoger sin coacción y caminar a nuestro gusto, sino la verdadera Libertad en que somos libres porque nada hay externo a nosotros que nos limite o coaccione. Mientras nos domina la ilusión de nuestro mundo imaginario y nos figuramos que somos individuos independientes con voluntad propia, rodeados por un mundo hostil y por otros seres que también tienen su propia voluntad, la demanda de nuestra libertad es imposible, como sería imposible la demanda de un nadador para que el agua no lo mojara.

En nuestra propia afirmación de la individualidad, en nuestra separación misma no somos libres puesto que estamos limitados por todo lo que no somos, influidos, opuestos y coaccionados por el ambiente en que vivimos y por la personalidad con la cual nos identificamos. Nuestra existencia física impide nuestra libertad. Estamos atados a un paraje y sólo podemos movernos sobre la superficie de la tierra con auxilio de complicados medios técnicos. Cuando un hombre afirma: "Soy libre", se contradice, pues el "Yo" nunca puede ser libre, y la libertad adviene cuando ya no existe el Yo. La libertad llega en el mundo de lo Real, cuando ya no somos entidades separadas, ni individuos distintos del mundo circundante, cuando somos Aquello que lo es Todo. En Aquello somos libres.

Nada puede entonces limitarnos ni obligarnos. Somos el camino que recorremos lo mismo que el hombre a quien encontramos o el arroyo que hemos de cruzar. Cuando la desgracia o el sufrimiento nos asaltan, todavía somos libres, pues somos aquello mismo que nos daña así como también somos aquel que nos quitó lo nuestro. Por lo tanto, hay libertad cuando la Naturaleza ya no nos limita ni coacciona con sus leyes, cuando nosotros somos la Naturaleza, y sus leyes son nuestra voluntad cuando ya el hombre no se opone a nuestra voluntad ni la restringe porque nosotros somos todos los hombres.

El fantasma de la libertad por el que tan vehementemente clamábamos cuando nos ataba la ilusión, resulta ahora una cosa despreciable y mezquina, imposible y llena de contradicciones. En el gozo de nuestra verdadera Libertad ya no la necesitamos, puesto que somos Aquello que la contiene y somos infinitamente más. ¿Quién desearía una cosa cuando él es todas las cosas, y qué mayor libertad puede haber que la que gozamos al identificarnos con la Realidad ultérrima, más allá y fuera de la cual nada es? Entonces se unifican la libertad y la necesidad, y la necesidad aparece como la manera en que la libertad se manifiesta al hombre, esclavo de la ilusión.

Somos invencibles cuando conocemos esa Libertad. Aunque la Naturaleza se nos oponga con la fuerza de sus elementos y el hombre con su violencia nos aprisione y humille, aunque se nos despoje de cuanto poseemos, seremos todas las cosas y viviremos en completa libertad, pues somos a la vez el prisionero y la prisión. Nuestra voluntad es libre cuando ya no desea hacer esto o lo otro, cuando sabe que cualquier cosa que suceda es su propia expresión. Tal es el Libre Albedrío.

18. ¿Cuál es el concepto de ética?

R. Ética es conciencia y se traduce en acciones pro-vida para el mayor número de seres. Confundimos la ética con la moral y las normas. Ética es cuando yo estoy claro que Yo Soy y que usted es, y que no hay ninguna acción que yo o usted deba hacer, que atente a la vida en casa (ecología), "si yo dejo de contaminar, estoy haciendo una acción ética, porque de lo contrario, eso atenta contra mi vida, su vida y la de los otros".

19. ¿Cuáles son las fases de instrucción en esta enseñanza?

R. Hay distintos niveles de aprendizaje; los de la primera fase son siete:

a) Una participación responsable

b) Anatomía de la experiencia, la oportunidad de observar su experiencia en cuanto a la naturaleza de sus componentes vivenciales.

c) Expansión de la atención para incluir distintas percepciones en la experiencia actualizada.

d) Anatomía de la realidad: distinción real/ilusorio.

e) Anatomía de la mente: lo que nos separa de estar en comunión constante.

f) Proyectos de servicio público, en un ambiente que lo necesite como un asilo de ancianos, un orfanato o un hospital, para crear transformación en esa gente en cuanto a la valoración de su propia vida a salvo, no tratando a los viejos como viejos, y a los niños como niños, ni a los pobres como tales, sino considerando su situación tempo-espacial, aprender a restituir su identidad fundamental de seres humanos.

g) Integridad de la responsabilización personal.

20. ¿Hay alguna alimentación especial que facilite el desarrollo?

R. Sí, la actividad cerebral implica ciertos cambios psicobiológicos y se ha observado que es mejor agregarle ciertos nutrientes a una persona cuando está en un proceso de concentración en el que se va a favorecer una conciencia de apertura a la *sanación* -si reparas en la raíz de la palabra, es la misma que *santidad*- es lo mismo que salud integral, no es necesario estar enfermo para llegar a estar sano, sino que basta querer alinearse con un propósito de transformación, basta querer alinearse con claridad.

21. ¿Cuál es el sentido del trabajo?

R. Es una interacción, es una oportunidad de jugar a la verdad de abrir el corazón y no hablaba del corazón emocional, sino del corazón íntimo y éste tiene otra cara que la que imaginamos. Es íntegro, total, no tiene división y no cambia nunca, su sello no cambia nuestra identidad más profunda, no cambia nunca tus identidades y formas de ser superficial. Cambian de acuerdo a cada oportunidad en que participamos en la vida.

22. ¿Por qué es importante aprender a salir de la ilusión?

R. Muchos de ustedes creen que tienen opción. Las flores no tienen otra opción que ser flores, las vacas no tienen otra opción que ser vacas, los seres humanos creemos que tenemos una opción y los seres humanos no tenemos opción, tenemos que ser humanos y todas las opciones que inventamos son falsas. Claramente las ilusiones que inventamos para convencernos que tenemos opción son fantásticas, sin embargo, buscamos certeza en todo y no podemos encontrar certeza hasta no desarrollarla en nosotros mismos. El trabajo de desilusión es el trabajo de realización y el hacerlo para mí, significa hacerlo para otros.

23. ¿Hay que tener una dosis de valentía?

R. Seguro que la elección consciente de realización es una opción. Sin embargo, el proceso de la vida misma se encarga de despertar a los que no optan y en la medida que eso ocurre, la presencia de la desilusión nos enseña que no había opción en el proceso evolutivo subyacente.

24. ¿Cuál es el ideal metafísico?

R. Lograr ver el Bien en todo, para que se manifieste el Bien en todo, de una vez por todas.

25. ¿Por qué será que en una misma familia a menudo se encuentran hermanos tan diferentes? ¿Cómo es posible que la misma sangre y la misma raza puedan producir dos seres tan opuestos?

R. Son cosas de la Reencarnación. De dos hermanos, el mayor es un caballero y el segundo un patán. El primero actúa como un señor donde el menor actúa como un carretero. Los dos tenían que venir al mismo nivel, el menor porque ya le correspondía subir de categoría en premio a sus esfuerzos en su vida anterior. El mayor no podía bajar de categoría, pero tiene que venir a nivelarse en el ramo del trabajo, porque en su encarnación anterior nació en la corte y no hizo otra cosa que seguir las costumbres de los reyes. Porque debes saber que hasta en el Cielo hay jerarquía. La nobleza y la jerarquía son grados de adelanto evolutivo que no se pueden comprar ni robar; como tampoco se pueden destruir, usurpar ni degradar impunemente. Cuando se cree haberlos hundido, surgen con igual fuerza por otro canal, y el que los haya adquirido no puede jamás perderlos, no importa a qué nivel le corresponda renacer.

26. ¿Que si nosotros los metafísicos somos Rosacruces?

R. Comenzaremos por decirte que nuestro Director, el Ascendido Maestro Saint Germain, fue en una de sus encarnaciones el maestro Christian Rosencreuze, fundador de la primera Logia Rosa-Cruz.

Para poder captar y aceptar la Metafísica se tiene que haber sido practicante en todas las sectas y religiones que han surgido en el planeta, las cuales fueron dadas al mundo por los Maestros, una nueva cada 2,000 años, presentando un paso más adelante en cada una.

Para actualizarnos -puesto que tenemos un atraso de 5,000 años- los Maestros tienen 30 años entrenando y desarrollando a un pequeño número de personas escogidas por sus cualidades espirituales, para que puedan recibir "El Rayo de Luz y Sonido", por medio del cual se ven y se oyen los Maestros dando instrucciones. Es por este conducto que las personas que están "atrasadas en la información" se les pone al día, además de que nos imponemos inmediatamente de sucesos que anteriormente a estas comunicaciones de Luz y Sonido, no nos llegaban sino con cientos de años de atraso.

Dos ejemplos urgentes son: el primero la creencia en muchas personas que lo que la Tierra está esperando es la Sexta o la Quinta Raza, cuando es en realidad la Séptima. Lo que pasó en la Cuarta Raza (Atlantes) fue que se desorganizó el orden cronológico de la evolución, y vinieron las Razas Quinta y

Sexta en forma desordenada, mezclándose unas con otras, encarnadas ya en el planeta.

El segundo ejemplo es el error en el que está una secta ocultista respecto a que el Ascendido Maestro Saint Germain está aún esperando ascender y llevando el nombre de Príncipe Rakcozi, cuando el Maestro ascendió en el año de 1784, luego fue nombrado Director del 7o. Rayo, y en mayo de 1954, fue nombrado Rey (Avatar) de la nueva administración, comúnmente conocida por el nombre de *Era de Acuario.* Este dato revela en qué época están ubicadas las enseñanzas y prácticas de la secta mencionada, y así tantas otras que no han tenido la manera de recibir nuevas órdenes en 5,000 años. Porque aunque ellas (las sectas) dicen estar bien informadas espiritualmente, no se dan cuenta de que cuando invocan espíritus que dan información e instrucción, por Ley del Círculo (Ley de Atracción) los que vienen son entidades, sermones o escritos de la misma época en que están estancados los invocadores.

27. ¿La Iglesia aprueba la práctica de la Metafísica?

R. La "Iglesia" y la Ciencia jamás se han mezclado hasta ahora. Siempre han vivido en constante pugna, como el aceite y el vinagre. Pero ya llegó el momento en que la Iglesia tiene que ponerse al día, puesto que debes saber que la base de la Iglesia es la Metafísica, expuesta por Aristóteles y por Santo Tomás de Aquino.

De manera que es muy difícil que la Iglesia se preste a desaprobar la Metafisica, ya que es su propia base.

28. ¿Cuál es tu meta en la vida? ¿Para qué propósito estás viviendo?

R. Si no lo sabes, ¿no sería sabio tratar de averiguar y dejar de perder tiempo? Puedes prestar tu vida y energía para asistir y ayudar a traer a la manifestación esta Perfección para nuestra Tierra, y hacer de ella una Estrella de la Libertad y la más brillante de nuestro sistema. ¡Puedes amar al Creador y a tus compañeros suficientemente para ayudar en esta causa de mérito, para traer Paz y Libertad permanentes!

29. ¿Qué puedo hacer si quiero ayudar a la humanidad?

R. Tú puedes ayudar a la humanidad. Si tú estás interesado en traer esta perfección a tu propio mundo y al de tu prójimo, entonces lee y escucha con una mente abierta y un corazón comprensivo, y pon a prueba todo lo que vas a aprender y, siempre recuerda, que cualquier cosa que tienda a levantar y ayudar a TODA LA HUMANIDAD, aquello que bendice toda vida, aquello que trae belleza, paz, libertad y perfección en todo, ESO ES DE DIOS. El único Dios que nos creó a todos, sin importar cuáles sean tus presentes creencias y religión.

30. ¿Cuáles son los propósitos de la Nueva Enseñanza?

R. La Nueva Enseñanza ha llegado con el propósito de hacerte tener a ti (y a toda la humanidad), una comprensión más profunda de Dios y sus Mensajeros, y del Plan Divino para ti y el Planeta; y que el momento Cósmico de Oportunidad se ha abierto ante ti para demostrarte cómo puedes ayudar en este tiempo de Aportes Cósmicos.

31. ¿Qué es el principio del mentalismo?

R. Todos los dones que la humanidad disfruta a través de la música, arte e invenciones, fueron primero un Pensamiento, una visión en la mente y corazón de algún individuo antes de que fueran llevadas a la manifestación para la bendición de la humanidad, y esto también se aplica a la visión de libertad para nuestra Tierra.

32. ¿Cómo extraer Luz?

R. Tú la descargas por la Ley Magnética de Atracción. Tu atención es un embudo y va donde tú la diriges. Por ahí comienza inmediatamente a fluir la Substancia sobre la cual has puesto tu atención, siendo descargada en su mundo. A través de este "embudo", fluye también la conciencia de los Maestros Ascendidos y ¡La Luz de Dios que Nunca Falla! y por ahí mismo viene también la acumulación humana en la cual has fijado el Rayo de tu Atención.

Para intensificar o para aumentar la atención vibratoria de tus cuatro vehículos inferiores, es necesario poner la atención sobre tu Presencia de Dios "Yo Soy" o cualquiera de la Ascendida Hueste de Luz. Mientras mantienes tu atención allí, serás cargado, naturalmente, con esa Substancia de Luz, tan mecánicamente como se carga la batería de tu carro.

33. ¿Qué actitud debemos tener frente a la prosperidad?

R. Si en este universo todo fue ya creado, lo único que tenemos que hacer es darnos cuenta de eso y usarlo éticamente.

Cuando hablamos del viaje del alma en otra dirección, es el conocimiento de nuevos universos por el alma. Nosotros como individuos, cuando nos damos cuenta de la abundancia y prosperidad del universo ya creado, y actuamos con la afinidad del "como si lo tuviéramos todo", facilitamos en nuestra visión el amor y el entendimiento y comenzamos a responsabilizarnos de ello como si fuera nuestro y lo atraemos a nosotros con la cohesión del deseo positivo.

Para entender realmente que eso es así debemos antes despejar nuestras barreras a la comprensión y las programaciones subconscientes que crean barreras a la aceptación total del ser y de la manifestación.

34. ¿Qué importancia tiene la autoestima para un metafísico?

R. Puedes estar seguro de que tú eres una magnífica contribución, que tu trabajo es un servicio, sea lo que sea, y darte cuenta de esto te va a beneficiar a ti y a los demás. Por lo tanto, autoimportancia es la importancia que se siente en lo esencial y único del Yo. Eres un individuo y no por comparación con los demás.

Cuídate, ámate, bendícete, aclárate y limpia tu pasado. No hay nada en el universo que merezca que te castigues.

35. ¿Qué importancia nos merecen los demás?

R. Recuerda que cualquier persona con la que te encuentres es capaz de enriquecer tu vida. Cada uno es el enviado, el *mesías* personal que te va a dar la más alta aspiración. Todos son tu maestro y potencialmente el paso siguiente en tu camino de florecimiento integral.

36. ¿Qué son los vínculos de amor?

R. Cuando unes la conciencia individual a la del amor universal, invocas la divina presencia Yo Soy, esencia única y experiencia de Dios en todo ser, crearás un vínculo sagrado de amor.

Amar es fácil, no amar es difícil. La conciencia humana a través de milenios se ha oscurecido por no reconocer el verdadero contexto del sacramento del amor. Este afecta a la generación siguiente más que a nadie, vía la procreación y cuyo resultado, el amor viviente es fruto no sólo del sentimiento, pensamiento, emoción o voluntad humana sino también de la dedicación a la tonalidad por lo cual hemos sido creados: la completación de las experiencias del alma vía el camino espiritual de retorno al corazón de Dios.

37. ¿Cómo actúa la oración?

R. La oración siempre actúa, de acuerdo con el grado de nuestra fe y voluntad. Técnicamente diríamos que actúa al alcance de nuestra comprensión, o a la altura de conciencia que hayamos logrado. La forma más sencilla es la fórmula del Maestro: "de acuerdo con tu fe te será dado".

Por otro lado, la oración trabaja en la parte subconsciente de tu mente. Borra el temor y la idea falsa que causa dificultades.

38. ¿Qué es la Verdad?

R. La Verdad es lo que permanece, LO ABSOLUTO, LO ETERNO, LO QUE NO CAMBIA NO PERECE. En una palabra, la Verdad es lo que muchos llaman DIOS, CAUSA ÚNICA, GRAN ARQUITECTO, el nombre está muy diversificado y cada persona lo conoce de acuerdo a como se lo enseñaron. Pero el verdadero nombre de Dios, dado por Él mismo a los hombres, es

YO SOY. Si quieres comprobarlo no tienes más que buscar en la *Biblia*, en el libro denominado *Éxodo* (capítulo 3, versículo 13), que dice más o menos lo siguiente: "Y dijo Moisés a Dios: he aquí que llego yo a los hijos de Israel y les digo: El Dios de vuestros padres me ha enviado a vosotros; si ellos me preguntasen ¿cuál es tu nombre? ¿qué les responderé?"

Y respondió Dios a Moisés: 'Yo soy el que soy. Este es mi nombre para siempre, este es mi memorial para todos los siglos'.

39. ¿Es cierto que el Amor Divino nunca falla?

R. El amor divino nunca falla. El Amor Divino resuelve todo problema. Sentencias como ésta aparecen repetidas veces en los libros metafísicos, y, por supuesto, expresan la verdad absoluta; pero uno no siente que, ni los escritores, ni los lectores, comprenden claramente lo que esto significa. Es cierto que muchos lo creen firmemente y, sin embargo, no han sido capaces de comprobarlo.

Sin embargo, el único sitio en donde puede existir el Amor Divino, en cuanto a ti se refiere, es en tu propio corazón. Todo amor que no esté en tu corazón, no existe para ti, y por lo tanto no puede afectarte de ninguna forma.

40. ¿Qué es el mal?

R. Es una falsa idea respecto a los hijos perfectos de un Dios perfecto en su Universo perfecto. Una idea que se carga de energía para materializarse. La idea negativa se tiene que cargar con la energía que le da el temor. Si no, no puede tener efecto. Cualquier sugerencia negativa en la cual no creemos, no puede hacernos daño. Todos nuestros conflictos son causados por pensamientos negativos que están actuando en el subconsciente, y cada uno de esos pensamientos negativos es una idea errónea y una carga de temor.

41. ¿Cuál es el verdadero objeto de la Metafísica?

R. Parece que muchas personas tienen la impresión de que el objeto de estudiar Metafísica es superar las dificultades; pero suponer eso es perder todo sentido de proporción. La Verdad debe buscarse por sí misma. El conocimiento de la Verdad de por sí es la recompensa: y esa recompensa, para empezar, es salud, armonía y prosperidad. Y eso es sólo el comienzo. El verdadero objeto del que busca debe ser el desarrollo de sus más altos poderes y facultades; en otras palabras, su Evolución Espiritual.

Ahora bien, sucede que con la misma rapidez que uno adquiere el conocimiento espiritual, sus condiciones mejoran en todo sentido, su salud, su carácter, su felicidad y todo lo material que lo rodea, rápida y automáticamente cambian y mejoran. Por el contrario, la falta de su verdadero entendimiento automática y necesariamente se manifiesta en forma de alguna dificultad en el plano físico, culminando en el pecado, la enfermedad y la muerte.

La Metafísica, igualmente, debe conducirnos a una visión más amplia, más universal de la vida. No podemos odiar, ni menospreciar, ni tener en menos a otras escuelas y a otros modos de pensar.

La elevación del ser humano se hace por cumbres empinadas, y quedarse en los abismos o pantanos no es propio de los buscadores de la Verdad.

42. ¿Qué importancia tiene el perdón?

R. Es ley mental inquebrantable el que sea necesario perdonar a otros si se quieren dominar las dificultades, demostrar y progresar espiritualmente.

La importancia vital del perdón puede que no sea muy obvia al principio, o a primera vista, pero puedes estar seguro que no es por mera coincidencia que todo gran maestro espiritual, incluso el mismo Jesús, le otorguen tanta importancia.

Tienes que perdonar las injurias que hayas sufrido, no simplemente con palabras o por cumplir con las formas, sino sinceramente, con tu corazón, y esa es la síntesis de todo. Tienes que hacer esto no por la otra persona sino por ti mismo.

43. ¿Cómo y por qué sabemos que la Metafísica es la última enseñanza enviada al planeta por los Maestros de la Sabiduría?

R. Por muchas señales, por ejemplo: ninguna otra doctrina te enseña a resolver problemas. Ni a manifestar todo lo que desees. Ni a convertir lo imposible en posible. Ni te enseña a llevar con tal dulzura y armonía tus negocios al triunfo. Ni a manifestar el bienestar material en corto tiempo. Ni te brinda el desarrollo espiritual inmediato.

44. ¿Cómo se hace para sentirse feliz?

R. Primeramente deben sonreír. Obligadamente aunque no se sientan ganas. La primera sonrisa será indudablemente forzada, con las comisuras de los labios apuntando hacia abajo, pero el segundo esfuerzo será mejor. Ahora hay que comenzar a dar gracias en voz alta por todo lo que uno ve que posee: la familia, los objetos, la naturaleza, etc. Todo, absolutamente todo, representa un bien en su momento apropiado y nos haría falta en un momento dado, si no lo tuviéramos, de manera que, pensando en esto, nos dan deseos de dar gracias, de agradecerlo a Dios. Ya está. Estamos pensando en Dios, sentimos gratitud, y esta combinación dulcifica la vida.

45. ¿Cómo es que podemos conocer NUESTRO sitio propio?

R. Puede que tú te consideres que no eres ninguna maravilla y dudes de que Dios te tenga alguna ocupación maravillosa. Tu vida es tal vez monótona, poco aventurada, estarás pensando que es muy poco probable que de pronto se llene de cosas bellas, espléndidas. Y suponiendo que fuera así ¿cómo podrás hacer para averiguar la manera de realizarlo? La contestación es sencilla como todo lo de Dios. Desde mucho antes de este momento, Dios te ha estado susurrando en tu corazón esa cosa maravillosa que Él desea para ti. Esa cosa tan increíblemente adecuada y maravillosa se llama EL DESEO DE TU ALMA. Ni más ni menos. Aquel secreto que tú guardas en tu corazón, aquello que tú no te atreves ni a mencionar por temor a quedar en ridículo, ese deseo que te parece un imposible realizar, esa es la voz de tu alma. Es la voz de Dios que te llama para que ocupes el sitio que Él ha guardado para ti.

46. ¿Y por qué si Dios es todopoderoso no interviene para que no suceda esto y aquello y lo demás allá?

R. Porque Dios es Principio. El Principio Inquebrantable. Inquebrantable significa que no varía. Tampoco puede entrometerse a quebrantar los otros principios que él ha creado. Si te creó con libre albedrío, Él es el primero en respetarlo. Tú escoges tus conceptos, tus opiniones, tus deseos, tus pensamientos; das tus órdenes y Él es el primero en considerarlas.

47. ¿Qué es la Fe?

R. La Fe es un sistema, una manera de actuar. La Fe tiene dos nombres: Fe y Temor. Los dos son una misma cosa y una misma fuerza. Se le llama Fe cuando se espera lo bueno; y temor cuando se espera lo malo.

48. ¿A qué se llama magnetismo personal?

R. Los maestros dicen que con cada latido del corazón emana una llama inteligente que irradia luz compuesta por electrones de forma octagonal, es decir, como un polígono de ocho lados. Visualízala como una de aquellas cuentas de collares, que parecen diamantes. De ahí se va formando la sustancia electrónica que nos rodea como una gran aureola, ya que cuando estos electrones emanan de nuestro corazón van permaneciendo en nuestra atmósfera, y cada uno de nosotros se encuentra, como quien dice "empacado en hielo". La naturaleza y el carácter de cada uno determinan el tamaño, la condensación y la fuerza de esa sustancia electrónica que nos rodea a cada uno. Y es posible sentir la personalidad, o el "Magnetismo Personal" de alguien, al entrar en su presencia.

De acuerdo con ese tamaño y fuerza del Magnetismo Personal, la persona es capaz de dominar a un grupo, a una gran masa o a una nación entera.

49. ¿Qué hacemos cuando elevamos la mente al espíritu y hacemos un tratamiento?

R. Pues estamos haciendo una oración. Y con esta acción nos conectamos directamente con Dios.

50. ¿Es verdad que los seres que han muerto no han desaparecido?

R. Naturalmente, como la vida es eterna, nuestros hermanos mayores no han desaparecido. Están vivos, actuando y evolucionando en alguna parte, desempeñando cargos y oficios cósmicos, creciendo y multiplicándose. Todo ser que ha vivido y existido, todo personaje histórico, de renombre en cualquier capacidad, existe hoy en alguna parte. Por supuesto en planos tan remontados que los hemos perdido de vista.

51. ¿A qué se le llama Poder de Invocación y quién lo posee?

R. El ser humano, no importa qué tan débil sea, no importa cuán limitado se encuentre, no importa cuán atrasado se sienta, posee lo que llamamos el Poder de Invocación. Esto significa que al enfocar la atención en algún Ser Espiritual, bien sea Maestro Ascendido, Entidad Luminosa o

Dios mismo en cualquiera de sus representaciones, logra instantáneamente que la Entidad se traslade a su lado, con todo Su *Momentum* Cósmico (que siempre es mucho más amplio que la Tierra), y lo grande es que atiende a la Invocación aunque se encuentre en el punto más lejano del Universo interestelar, como dice Saint Germain "aunque yo esté fabricando una estrella". Además permanecerá irradiando todo el tiempo que se le necesite.

52. ¿Cómo influye en la humanidad el cambio de una Nueva Era?

Cada signo ocasiona una revolución de todo, vida, costumbres, modas, ideas, corrientes. Como se sabe, actualmente vivimos bajo la *Era de Acuario*. Este signo simboliza al hombre emocional, pues lleva el agua en un receptáculo al hombro. La usa como él quiera. Además, a sus pies se encuentran las diferentes corrientes de la Era. Él pasa por encima de ellas impertérrito. Corrientes eléctricas, electrónicas, de aguas, de ideas, nada lo perturba. Su emotividad está bajo control.

53. ¿A qué se refiere cuando expresa que los pensamientos son cosas?

R. Es tu actitud la que determina todo lo que te sucede. Tu propio concepto es lo que tú ves, no solamente en tu cuerpo y en tu carácter, sino en lo exterior; en tus condiciones de vida: en lo material, efectivamente: los pensamientos son cosas. Ahora lo verás:

Si tú tienes costumbre de pensar que tienes una constitución saludable, hagas lo que hagas, siempre serás saludable. Pero si cambias tu manera de pensar, te dejas infundir el temor de las enfermedades y comienzas a enfermarte. Pierdes la salud. Si naciste en la riqueza, es posible que siempre seas rico; a menos que alguien te convenza de que existe "el destino" y comiences a creer que el tuyo puede cambiar de acuerdo a los "golpes y reveses", porque así lo crees. Tu vida, lo que te ocurre, obedece a tus creencias y a lo que expreses en palabras. Es una ley. Un principio.

54. ¿Por qué es que Dios parece atender unas veces y otras no?

R. Verás. La oración es el pensamiento más puro y más alto que se puede tener. Es polarizar la mente en el grado más altamente positivo. Son vibraciones de luz que lanzamos cuando oramos, es decir, cuando pensamos en Dios. Esas vibraciones tienen que transformar instantáneamente, en perfecto y bello, todas las condiciones oscuras que nos rodean, como cuando se lleva una lámpara a una habitación que está en tinieblas. Siempre y cuando el que esté orando piense y crea que ese Dios a quien le pide es un Padre amoroso que desea dar todo lo bueno a su hijo. En ese caso, Dios siempre atiende.

55. ¿Qué es el Cristo?

R. A un metafísico se le ha enseñado siempre que el Cristo es nuestra Verdad. La Verdad de cada uno y que es perfecto y Todopoderoso. Es lo más noble de cada uno de nosotros.

También es la expresión de tres condiciones fundamentales: Conciencia, Inteligencia y Amor en sus más altos grados.

56. ¿Cómo vamos a aceptar el dicho de que somos perfectos?

R. "Yo soy perfecto". Esta es la afirmación que expresa la más absoluta lealtad al Padre, a nuestro Yo Superior, y al Cristo en nosotros. "Yo soy perfecto". Sin embargo, hay quienes no se sienten sinceros al expresarse así. Pero no hay que olvidar que ustedes ya saben que la gran Verdad está en el espíritu y que el espíritu es Perfecto.

Por lo tanto, a medida que lo repiten; a medida que ustedes recuerden que el "Yo Superior Perfecto" -y que esa es la Verdad- lo irán grabando en el subconsciente, creándolo en el consciente, afirmándolo en supraconsciente y... el Verbo se hace carne; manifestándolo en todos los vehículos que ahora están creyendo en la manifestación imperfecta.

57. ¿Qué cosa es el espíritu?

R. Es aquello que aunque invisible, no puede destruirse, dañarse, lastimarse, degradarse en modo alguno. El Espíritu no puede envejecer, ni morir, ni deteriorar, ni cansarse. No puede conocer pecado, ni resentimiento, ni desilusión, es lo opuesto a la materia, pero cuando se reconocen las condiciones espirituales, la materia se acopla a ellas. Es decir, la materia se desgasta y el espíritu no. Es sustancia, lo que no está sujeto a la descomposición ni a la discordia. Cuando se piensa en el espíritu, con relación a una condición material, el espíritu provoca una renovación en la condición mencionada, porque Espíritu es lo opuesto a la materia.

58. ¿Qué cosa es Principio?

R. El séptimo Aspecto Principal de Dios es Principio. A continuación te daremos algunos ejemplos: "El agua busca su propio nivel", es un principio. Toda el agua, en toda la tierra, jamás se dobla ni se quiebra. Al inclinar un recipiente con agua, el líquido permanece horizontal, es decir, busca su propio nivel. Esto no cambia nunca.

"La materia se expande con el calor";"Los ángulos de cualquier triángulo siempre suman 180 grados". Ambos son otros principios y jamás varían.

Por lo tanto, Dios es el Principio de la Armonía Perfecta, por consiguiente lo que haga Dios Creador tiene que ser de acuerdo con la Armonía Perfecta. Si no lo estamos viendo así, el defecto está en nuestra vista interior o exterior.

El tipo de Oración Científica que estudiamos en estas enseñanzas, no trata de cambiar las leyes ni le pide a Dios que transforme una ley para complacernos. Nos sintoniza con el Principio y vemos cómo todo nos sale perfecto.

59. ¿Por qué se da a nuestras conciencias el conocimiento del Yo Soy?

R. Nuestra Actividad puede parecer trascendente a los no iniciados. Sin embargo, no hay nada en el Universo que no sea estrictamente práctico. He aquí por qué Nuestro Bien Amado Saint Germain nos ha dado esta comprensión de la Poderosa Presencia Yo Soy, que es practicable e invencible. Un estudiante del Yo Soy jamás debería dudar o preguntarse si es capaz de llamar a la Poderosa Presencia Yo Soy en acción para producir un resultado pedido; porque Yo espero que nadie pensará pedir a la Presencia que haga nada que no sea constructivo.

60. ¿Qué es el Fuego Cósmico?

R. Lo mismo que el Fuego Cósmico de vuestra Bien Amada Presencia Yo Soy, es la Autoridad sobre vuestra propia corriente de Vida en el mundo exterior, así es el Fuego Cósmico del Sol, dirigido por los Grandes Seres Divinos que gobiernan este Sistema de Mundos y que son la Autoridad Cósmica sobre todas las Naciones de la Tierra.

El Fuego Cósmico del Cristo Victorioso es el Poder Espiritual que es toda Autoridad sobre toda actividad humana en ese mundo.

61. ¿Cómo actúa la Poderosa Presencia en las formas humanas por intermedio de los decretos?

R. La Presencia Yo Soy se sirve simplemente de vuestras formas humanas para hacer la Llamada, pero la Poderosa Presencia Yo Soy y la Inteligencia que obran para producir los resultados son el invencible poder de la Luz y de la Inteligencia que ninguna circunstancia humana consigue limitar. Piensa siempre en esto; medita sobre esta idea y verás cuán poderosa y definitiva será tu seguridad; tu aplicación será más enérgica y los resultados serán más rápidos. Recuerda que eres; que te mueves y que vives constantemente en la Radiación de esta Poderosa Presencia Yo Soy que hace latir tu Corazón y que esta Presencia es el Poder y la Luz de esta todopoderosa Inteligencia que concibe y mantiene al Universo.

62. ¿A qué se le llama "ojo interior"?

R. El ojo interior es iluminado por la luz divina, él es, entonces, el verdadero sol interior por el que conocemos todos los objetos.

Mientras la luz divina no ilumine este "ojo", nuestro interior vivirá en las tinieblas. La aurora interior comenzará cuando esta luz se levante.

63. ¿Qué es la capacidad de verdad en el hombre?

R. Es la simplicidad del corazón. Pues la simplicidad sitúa al corazón en una posición adecuada para recibir con pureza el rayo de la razón; y éste organiza el corazón para recibir la luz.

64. ¿Es verdad que vivimos en el siglo de las luces?

R. Sería más justo decir que vivimos en el siglo del crepúsculo: aquí y allá, el rayo luminoso penetra a través de la bruma de las tinieblas, pero todavía no ilumina con toda su pureza nuestra razón y nuestro corazón. Los hombres no están de acuerdo en sus concepciones, los sabios disputan entre sí, y allí donde hay disputa todavía no ha llegado la verdad.

Los propósitos más importantes de la humanidad aún son indeterminados. No se está de acuerdo ni sobre el principio de la razón ni sobre el principio de la moralidad o el móvil de la voluntad. Esta es la prueba de que, a pesar de estar en medio del *siglo de las luces*, no sabemos aún con certeza qué hay en nuestra mente ni en nuestro corazón.

65. ¿Podemos conocer la verdad absoluta?

R. La verdad absoluta no existe para el hombre de los sentidos, sólo existe para el hombre interior y espiritual, el cual posee un *sensorium* propio, o dicho más sencillamente, posee un sentido interior para percibir la verdad absoluta del mundo trascendental, un sentido espiritual que percibe los objetos espirituales tan natural y objetivamente, como el sentido exterior percibe los objetos exteriores.

Este sentido interior del hombre espiritual, este *sensorium* del mundo metafísico, desgraciadamente, aún no lo conocen aquellos que están fuera, se trata de un misterio del Reino de Dios.

En la apertura de este *sensorium* espiritual está el misterio del Hombre Nuevo, el misterio de la Regeneración y de la Unión más íntima del hombre con Dios; éste es el fin más elevado de la religión aquí abajo, de esta religión cuyo fin más sublime es unir a los hombres con Dios, en espíritu y en Verdad.

66. ¿A qué se le llama sensorium?

R. Así como el hombre tiene en su interior un órgano espiritual y un *sensorium* para recibir el principio de la razón o Sabiduría divina y el móvil real de la voluntad o Amor divino; tiene en el exterior un *sensorium* físico y material para recibir la apariencia de la luz y de la verdad. Así como la naturaleza exterior no tiene la verdad absoluta, sino sólo la verdad relativa del mundo de los fenómenos; la razón humana tampoco puede adquirir verdades inteligibles, sino tan sólo la apariencia del fenómeno; que excita en ella, a causa de su voluntad, la con–

cupiscencia, que es la corrupción del hombre sensorial y la degradación de la naturaleza.

El *sensorium* externo del hombre está compuesto de una materia corruptible, mientras que el *sensorium* interior tiene por sustrato fundamental una substancia incorruptible, trascendental y metafísica.

67. ¿De qué manera se puede expandir el sensorium espiritual?

R. Hay tres grados sucesivos en la apertura de nuestro *sensorium* espiritual.

El primer grado nos eleva al plano moral y al mundo trascendental y opera en nosotros a través de impulsos interiores llamados inspiraciones.

El segundo grado, que es más elevado, abre nuestro *sensorium* para recibir lo espiritual y lo intelectual; en este grado el mundo metafísico actúa en nosotros a través de iluminaciones interiores.

El tercer grado, que es el más elevado y el menos común, abre totalmente al hombre interior. Nos revela el Reino del Espíritu y nos posibilita para experimentar, objetivamente, las realidades metafísicas y trascendentales; ello explica el fundamento de todas las visiones.

68. ¿Qué es la Comunidad Luminosa de Dios?

R. Esta comunidad de la luz existe desde el primer día de la creación del mundo, y durará hasta el último día de los tiempos.

Es la sociedad de los elegidos que conocen la luz en las tinieblas y la separan en lo que tiene de propio. Esta comunidad de la luz posee una Escuela en la que el Espíritu de sabiduría instruye él mismo a quienes tienen sed de luz; y todos los misterios de Dios y de la naturaleza se conservan en esta escuela para los hijos de la luz. El conocimiento perfecto de Dios, de la naturaleza y de la humanidad, son objeto de enseñanza en esta escuela para los hijos de la luz. De ella vienen todas las verdades al mundo; es la escuela de los profetas y de quienes buscan la sabiduría; sólo en esta comunidad se encuentra la verdad y la explicación de todos los misterios.

69. ¿Por qué se dice que la verdad se parece al Sol?

R. Porque la verdad que está en lo más oculto de los misterios se parece al Sol, sólo al ojo de un águila (el alma del hombre capaz de recibir la luz) le es permitido contemplarla. La mirada de cualquier otro mortal queda deslumbrada y la oscuridad lo rodea en la misma luz.

70. ¿Qué es la Sabiduría?

R. La Sabiduría no consiste en la posesión de conocimientos adquiridos a través de mucho tiempo. Estos conocimientos adquiridos representan el saber, y la cultura en general; no obstante alguien puede ser un destacado científico o puede tener una cultura general y carecer por completo de Sabiduría. La Sabiduría en el ser humano comienza en el amor que manifiesta por el prójimo y todas las experiencias adquiridas en todas sus vidas a través de los milenios, le convertirán en Sabio.

71. ¿Qué significan las frases: "todo lo que fue, es y será"; "todo lo que es será y fue"; y "todo lo que será fue y es".

R. Estas tres afirmaciones dan la clave de la historia del planeta y la historia de la evolución humana y nos enseñan que todo lo que está ocurriendo actualmente ha ocurrido antes y ocurrirá de nuevo.

Mundos sumergidos, continentes renacientes, civilizaciones olvidadas que vuelven a la actualidad, razas que pasan, razas que vienen. Todo lo que cada hombre mujer o niño actual están viviendo o confrontando en su propia vida particular, ya otros seres lo han vivido o lo están viviendo paralelamente a ellos o lo vivirán en el futuro. Las experiencias en cada vida son experiencias que ya han sido vividas por otras almas, experiencias que otros están enfrentando o que en el porvenir enfrentarán. Todo es aprendizaje, todos recorremos el mismo camino y vamos hacia la misma meta: La Ascensión.

72. ¿Qué es la Ascensión?

R. La meta de toda vida, de toda corriente de vida o sea de todo ser viviente es "subir al cielo" como se dice corrientemente. Esa subida al cielo es lo que se llama La Ascensión. Todo ser humano quiere alcanzar ese final, y todos lo alcanzarán.

73. ¿Qué pasa después de la Ascensión?

R. Después de la Gran Ascensión viene la Gran Resurrección, que a su vez viene después de la Gran Crucifixión y ésta, después de La Última Reencarnación. Jesús lo dejó todo como ejemplo.

74. ¿Es la religión sólo una ceremonia?

R. La Religión no es cosa de ceremonia únicamente. Es asunto de la vida diaria y de cada hora que vivimos. Es cosa de sentido común, sencillo y ordinario. Es asunto de disciplina, dominio de sí mismo y contemplación. Es también desarrollo del Amor y la Gratitud por la Vida, a ese Dios que nos ha dado la Vida.

75. ¿Por qué se dice que la Llama Violeta es la Llama de la Transmutación?

R. Esta Llama es sumamente importante, ya que corresponde a la actual *Era de Acuario* que el mundo vive actualmente y se le llama de la Transmutación y del Perdón, porque es la única que tiene el poder de transmutar el Karma.

El uso de la Llama Violeta siempre disuelve y transmuta cualquier energía que hayamos usado imperfectamente; pero cuando la invocación que se hace va acompañada con el verdadero deseo de perdonar, o con la intención efectiva de querer corregir nuestros defectos y los de toda la humanidad, cuando va acompañada del deseo generoso y sincero de querer hacer el bien con ella, entonces actúa como por arte de magia.

76. ¿Qué es un Acto de Voluntad Definido?

R. Todo lo que es creado en los Reinos Espirituales, inmediatamente comienza a expandirse, a crecer, a perfeccionarse y a prestar servicio permanente. Es exactamente lo opuesto a las actividades del mundo terrenal donde todo lo que es hecho por el hombre, desde el mismo instante de su creación, comienza a sufrir un proceso destructivo, de desintegración, de decandencia, de desgaste, que al final lo lleva a su completa desaparición a menos que un ser de inteligencia consciente y en conocimiento de las leyes divinas, decrete que se mantenga intacto por medio de un Acto de Voluntad Definido.

77. ¿Qué significa Yo Soy?

R. YO SOY es la actividad de la vida. ¡Qué extraño es que los estudiantes más sinceros no siempre llegan a captar el significado verdadero de estas dos palabras! YO SOY es la plena actividad de Dios.

La primera expresión de todo ser individualizado es en cualquier parte del Universo, bien sea en pensamiento sentimiento o palabra, es YO SOY, reconociendo así su propia Victoriosa Divinidad.

78. ¿Cuál es la función del Séptimo Rayo?

R. La "función", o mejor dicho el Servicio del Séptimo Rayo para la evolución de un planeta y de su población, consiste en la educación de la Conciencia de los seres no ascendidos, a fin de que adquieran el poder de Invocar, Dirigir y Sustanciar las fuerzas espirituales para el estímulo de toda vida manifestada.

79. ¿A qué se le llama La Rueda Cósmica?

R. La Rueda Cósmica permite el envío de ciertos Estímulos Espirituales a la Tierra y a su gente, completa un ciclo cada catorce mil años. Durante este período, se le da la oportunidad a cada uno de los rayos de actuar sobre la Tierra y dar el alimento y el amor de su particular cualidad a la vida en evolución sobre ella para que pueda desenvolver la naturaleza espiritual de cada una de las partes que la componen.

80. ¿Cuánto dura el Ciclo Cósmico?

R. El Ciclo Cósmico está dividido en Ciclos Menores de dos mil años cada uno. Cada uno de estos Ciclos menores se encuentra bajo la tutela de un Gran Ser, dedicado a una cualidad en particular de la Cabeza de Dios, que es necesaria para la evolución de la vida terrenal durante ese período. A estos seres se les llama Chohán de los Rayos.

81. ¿Qué significa la palabra Chohán?

R. Significa señor y Rayo significa el color y la actividad de las esferas que componen el Aura de Dios.

Los primeros dos mil años que componen el primer ciclo menor están bajo la dirección del Chohán del Primer Rayo (Azul) que representa al Padre, o sea, la Primera Persona de la Trinidad. Este Ser establece los patrones para la Evolución Religiosa. Es Individual de aquellas almas que toman incorporación en ese ciclo. Él encarna el deseo del Padre.

El segundo ciclo de dos mil años está bajo la dirección del Chohán del Segundo Rayo (oro), representativo de la Segunda Persona de la Trinidad, el Hijo. Su Oficio está dedicado al desarrollo de las cualidades y preceptos que han sido establecidos por el Deseo del Padre bajo el Primer Rayo.

Los últimos diez mil años del Ciclo Cósmico están bajo la dirección del Gran Ser llamado Maha Chohán, el cual representa a la Tercera Persona de la Santa Trinidad, o sea, al Espíritu Santo en la Tierra. Su Oficio es responsable de la Voluntad del Padre y de que toda expresión de vida en el planeta sea ésta. Debido a la complejidad de las labores a realizar, Él ha decidido subdividir este ciclo de diez mil años en cinco ciclos de dos mil años cada uno y de esta manera completar el Ciclo de catorce mil años.

A la cabeza de cada uno de estos ciclos menores, el Maha Chohán ha designado un Gran Ser el cual es representativo del Rayo de la Esfera donde Él está en ese período activo y el cual está particularmente dedicado al desarrollo de las cualidades y a la naturaleza de las corrientes vitales en evolución, durante el mencionado período. El Maha Chohán es el Director Consejero para todos los Siete Chohanes activos en el Gran Ciclo Cósmico.

La Rueda Cósmica ha girado ahora hasta un punto donde el último de los cinco Sub-Rayos del Maha Chohán está enfatizando su emanación. En este Ciclo final, se espera que cada corriente vital en el planeta se esfuerce en llevar a cabo el Plan para el cual ella fue creada.

82. ¿Con qué propósito fue creado nuestro planeta?

R. El propósito de la creación y el sostenimiento de nuestro planeta es el permitir a cada corriente vital que evoluciona en él, la oportunidad de desenvolver su naturaleza espiritual y convertirse en un Maestro de vibración de energía a través del control consciente y el uso de su facultad creativa.

83. ¿Cualquier persona puede contactarse con los Grandes Maestros Ascendidos?

R. La persona o estudiante que busca contactar un Maestro Ascendido en el visible, tangible, viviente y palpitante cuerpo, sin la preparación que se necesita para gradualmente entonar su propia estructura y mente externas, se encuentra en la misma posición de un niño de *Kindergarden*, queriendo entrevistarse con un catedrático universitario, insistiéndole que le enseñe las vocales.

84. ¿Los Maestros Ascendidos obligan al hombre a creer en ellos?

R. Los Maestros Ascendidos son realmente Grandes *Baterías* de tremendo poder y energía y lo que quiera que toque la Radiación de Ellos, se carga altamente con Su "Luz-Esencia". Toda su Ayuda y Radiación es por siempre un Regalo Libre de Amor. Esta es la razón por la cual Ellos jamás usan su poder para obligar a nadie.

85. ¿Cómo pueden describirse los Maestros Ascendidos?

R. Estos Gloriosos Seres, quienes son Guardianes y Ayudantes del desarrollo de la raza humana, son conocidos con el nombre de Maestros Ascendidos de Amor, Luz y Perfección. Ellos son todo lo que la palabra Maestro implica, porque de ellos emana el Amor, la Sabiduría y el Poder del Propio Dios Interno. Ellos manifiestan su Maestría sobre todo lo que es humano. Así pues, han ascendido hacia la próxima expresión por encima de lo humano -es decir, lo SuperHumano-, Divino, Puro, Eterno y Todopoderosa Perfección.

86. ¿Por qué si estos Maestros son Todo Sabiduría y Todo Poder, no corrigen la discordia sobre la Tierra y cesan el sufrimiento de la humanidad?

R. Los Maestros Ascendidos ayudan al individuo que desea servir a la Luz, a armonizar su pensamiento y sentimiento y llegar a que el cuerpo obedezca a la "Magna Presencia Yo soy". Ellos protegen al hombre miles de veces de corrientes destructivas de fuerzas y actividades de las cuales no tiene conocimiento, pero no pueden llevar a cabo su Plan de Vida por él.

87. ¿Qué es el Tribunal del Karma Humano?

R. Todas las almas deben presentarse ante el Tribunal del Karma Humano antes y después de cada encarnación en la Tierra. Este Tribunal, actuando de acuerdo con la Presencia Yo Soy y el Yo Cristo individual, determina cuando cada alma ha logrado obtener el derecho de liberarse de la rueda del karma y de los ciclos de reencarnación.

88. ¿Qué es el Karma?

R. Karma: voz sánscrita que significa acción o hecho. Karma es la energía en acción; también se le conoce como la ley de causa, efecto y retribución.

89. ¿Es verdad que el Amor es la única Ley de la Vida?

R. El ser humano gira a través de una vida y otra, experimentando una discordia tras otra, hasta que aprende a vivir con esta Ley de Amor. Esta es la actividad obligada a la cual nadie escapa y continúa hasta que el ser exterior indaga la razón de su miseria y comprende al fin que su alivio de la experiencia de sufrimiento sólo puede venir por la obediencia a la Ley del Amor. Tal obediencia empieza con un sentimiento de calma, de paz y de bondad, cuyo centro está en el corazón.

El Amor es la única base de la armonía y el correcto uso de la energía vital. En la experiencia humana esto se convierte en un deseo de dar y dar de toda la paz y armonía del individuo al resto de la creación.

90. ¿Qué significa la muerte para un metafísico?

R. La llamada "muerte" para un metafísico, no es sino una oportunidad para descansar y rearmonizar las facultades de la conciencia personal. Esto es para liberarlas de la inquietud y discordias de la Tierra y el Tiempo suficiente para recibir un Influjo de Luz y Fuerza, el cual capacitará a la mente para volver a trabajar en otra experiencia física. La encarnación física es para preparar, perfeccionar e iluminar un cuerpo cuya acción vibratoria pueda ser elevada para unirse con el Cuerpo de la "Poderosa Presencia Yo Soy".

Lamentar la muerte de un ser amado es realmente una rebelión en contra de la acción de la Ley que nos brinda otra oportunidad para descansar y evolucionar, porque "nada en el mundo retrocede y todo, no importa qué tan temporal sea la apariencia, se está moviendo hacia el gran gozo y perfección".

91. ¿A qué se le llama el Dios Interior?

R. Todo ser humano posee la Divina Llama de la Vida dentro de él, y ese Ser, Dios, tiene Dominio donde quiera que se mueva el Universo. Si el hombre por su inercia mental no hace el esfuerzo suficiente para reorganizar sus antiquísimos hábitos de mente y cuerpo, continúa atado por las cadenas que él mismo se forjó. Pero si él decide conocer al Dios Interior y tiene la osadía de darle a ese Ser Divino el control de sus actividades exteriores, recibirá el conocimiento de su dominio sobre todas las substancias, lo cual le pertenece desde el principio.

92. ¿Podrá el mundo, ser feliz algún día?

R. El mundo sólo será feliz cuando posea a Jesucristo en él. Entonces la felicidad reinará sobre la Tierra, y la paz y la prosperidad nos pertenecerán. Porque Jesucristo es el Amor, la Sabiduría y el Poder, Él es la fuente de las inclinaciones puras que conducen a la iluminación interior. Allí donde Él está, se encuentra la dignidad del hombre, la beatitud del corazón purificado.

93. ¿Qué suerte puede esperar la humanidad? ¿Será siempre desgraciada la mayor parte de ella? ¿No hay salvación para todos?

R. Si la humanidad es capaz, alguna vez de elevarse a un estado de felicidad, ésta no será posible más que bajo las condiciones siguientes: Primero, la pobreza, el dolor, la enfermedad y la miseria han de ser menos frecuentes.

En segundo lugar, las pasiones, los prejuicios y los errores humanos deben disminuir.

Existe una terrible sentencia que pesa sobre el género humano: "Los hombres no pueden ser felices hasta que no sean sabios". Pero no serán sabios mientras la sensualidad domine la razón, mientras el espíritu languidezca en los lazos de la carne y de la sangre.

94. ¿Qué es la conciencia?

R. El estado de conciencia en el cual un hombre vive, determina cuánta felicidad o desdicha conoce él durante su estadía en el Plano Terrenal.

No existen dos seres ascendidos que vivan en el mismo estado de conciencia constantemente.

95. ¿Por qué se dice que la Conciencia es el Centro Creador?

R. Porque de la Conciencia es desde donde se manifiestan toda forma y toda exteriorización. Cada vida dotada con conciencia debe experimentar dentro de sí misma el control y la maestría de los procesos del pensamiento y sentimiento que forman los centros creadores en este Reino de la Causa.

96. ¿Qué es el reino de la Conciencia?

R. Es la esfera de actividad individual propia de cada hombre que perdura más allá de los reinos del nacer y morir, y persiste aún dentro de su emancipación Cósmica externa y la Ascención. Es la órbita en la cual él tiene su ser, y forma la individualización de su foco particular en el Universo.

97. ¿Se puede "alimentar" la Conciencia, para expandirla?

R. La conciencia del hombre es en cierta forma como la Tierra en Primavera. Tiene el poder de dar vida a cualquier semilla sembrada en ella. La tierra no discrimina, sino que sólo cumple su Propósito Divino al proveer el sustento y el alimento, mediante el cual la semilla llega a vivir.

De la misma manera, la conciencia del hombre tiene la capacidad para expandir y alimentar lo que ésta plantó en el reino de la ideación o de la Conciencia. Dentro del reino de la conciencia llega una idea y la conciencia inmediatamente comienza a germinar y expandir la plenitud de esa idea. Es de esta forma como los centros creadores forman el poder más grande de la humanidad y están constantemente alimentando eso que accidentalmente se ha sembrado en sus campos.

98. ¿Qué plano de la conciencia evolucionará primero?

R. Hasta que el hombre esté ascendido, su evolución ocurrirá sobre los cuatro planos de conciencia que son el físico, mental, emocional y etérico al mismo tiempo. Él en su mayor parte, sólo está consciente de su evolución física, debido a que su vida consciente está más o menos anclada a través de su cuerpo físico, y hasta que él no haya logrado un cierto desenvolvimiento y desarrollo, no será capaz, a voluntad, de funcionar en cualquiera de los otros planos.

99. ¿Qué quiere decir "lo similar atrae lo similar"?

R. Lo similar atrae lo similar a través de todo el Universo. El mundo externo ha usado la expresión de que el dinero produce dinero y que el éxito produce éxito y esto es verdadero debido a que la acción vibratoria emitida desde la corriente de vida que tiene éxito, está llena con la certidumbre de lo Positivo. Esa vibración pasa a través de la corriente de vida y eleva la conciencia hacia dentro de la correspondiente Radiación Cósmica del éxito, la prosperidad y el bienestar.

Los canales metafísicos solían decir que el optimismo era un poderoso magneto de atracción y ellos expresaron una verdad en esa afirmación que Saint Germain reitera al afirmar que la expectación y la anticipación del Bien se convierte en una fuerza poderosa para atraer la Sustancia Universal hacia dentro de la manifestación.

100. ¿Qué significa viajar en Conciencia?

R. Viajar en conciencia es utilizar el medio de levitación más elevado y más eficiente. Todos los Maestros Ascendidos y Seres de la Esfera de la Cuarta Dimensión, avanzan a través del Universo por medio de la manipulación de la Conciencia.

Bibliografía

MENDEZ CONNY
Metafísica 4 en 1. Vol 1 y 2
Ed. Bienes Lacónica.
Caracas 1991

***El Nuevo Pensamiento.* Nos. 1 al 9.**
Caracas. 1970. 277 pp.

SAINT GERMAIN.
La Práctica de las Llamas.
Ed. Tomo II.
México 1993. 237 pp.

Meditaciones Diarias.
Ed. Tomo II.
México 1992. 102 pp.

Preludio para ser el Cristo.
Ed. Tomo II.
México 1993. 117 pp.

¿Quién es y quién fue el Conde Saint Germain?
Metafisica V. y VI
Edit. Los Creadores
Buenos Aires 1993. 310 pp.

Yo soy el Camino a través de los Grandes Maestros.
CS Ediciones.
Buenos Aires 1991. 266 pp.

VON ECKARTSHAUSEN
*La Nube sobre el Santuario.*Cartas Metafísicas.
Ed. Obelisco
Madrid 1991. 125 pp.

WARTER, Carlos *Manual de Metafísica.*
CS Ediciones.
Buenos Aires 1992. 408 pp.

TÍTULOS DE ESTA COLECCIÓN

Ángeles. *Antología*

Cuarzos y otras Piedras Curativas. *May Ana*

Los Chakras. *Antología*

El Secreto de la Felicidad, el Éxito y la Abundancia. *M. A. Garibay*

Guía Metafísica para ser Feliz. *Antología*

Mensajes para la Nueva Era. *Martin Beyson*

Metafísica Meditaciones de Luz. *Gpo. Nueva Era*

Metafísica para la Vida Diaria. *Antología*

Palabras Santas, Bendiciones, Decretos y Plegarias

¿Qué es el Karma? *Antología*

¿Qué es Metafísica? *Antología*

Reencarnación. *Antología*

Impreso en los talleres de
MUJICA IMPRESOR, S.A. de C.V.
Calle camelia No. 4, Col. El Manto,
Deleg. Iztapalapa, México, D.F.
Tel: 5686-3101.